Wolfgang Pfalzer

# Papagamäleon
### oder
# Rumpelstilzchens Rache

Ausgewählte Sprüche und Bild-Flexionen

Bibliografische Information der Deutschen Bibliothek
Die Deutsche Bibliothek verzeichnet diese Publikation in der
Deutschen Nationalbibliografie; detaillierte bibliografische Daten
sind im Internet über http://dnb.ddb.de abrufbar.

Herausgeber: Biberacher Verlagsdruckerei GmbH & Co. KG

Herstellung und Verlag:
Biberacher Verlagsdruckerei GmbH & Co. KG
88400 Biberach, Leipzigstraße 26

1. Auflage · ISBN 978-3-943391-52-7

2014
Alle Rechte vorbehalten. Kein Teil des Hefts darf in irgendeiner Form (durch
Fotografie, Mikrofilm oder andere Verfahren) ohne schriftliche Genehmigung
reproduziert oder unter Verwendung elektronischer Systeme verarbeitet, reproduziert
oder verbreitet werden.
Copyright by gsp, Neusatzweg 27, D-88400 Biberach

Für Tüde

Dichter zieht
ihr Gewissen bisweilen
in den Kohlenkeller,
wo sie dann sitzen
bei Kerzenlicht
oder Briketts schichten
und Strichlisten
an die Wand kritzeln
mit leeren Händen,
derweil ihre Mütter
Butterkremtorte essen
und Milchkaffee trinken,
bis es Abend wird
in den Herzen
der Honoratioren
und Liebenden.

Sie

So zwiespältig ihr Verhältnis
zur Grammatik auch
lange gewesen sein mag -
spätere Generationen
werden erklären,
sie habe nicht
klein beigegeben
und schon am Tag danach
die ganze Wahrheit
doch noch ans Licht gebracht.

Auch wenn der Schlafzimmerstuhl
nie wieder aufgefunden wurde
und die Schuldzuweisungen
irgendwann ein Ende nahmen,
werden sie alles in allem sich sagen:
Sie war eine tapfere Frau.

Grabinschrift

Er ging
mit der Zeit,
bis sie stillstand
und endlich
alles
zu spät war:
nichts
geordnet,
der Arzttermin
nach wie vor
offen.

Goldfische lösen
die Rätsel der Welt
mit einem leichten
Flossenschlag.
Sie lesen Gedanken
mit den Augen der Ewigkeit
und spenden im Mondlicht
Gott, der versagt hat,
Trost.

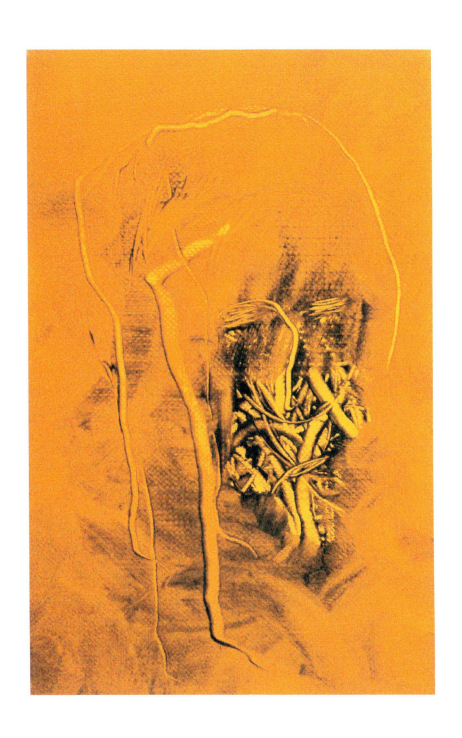

Nachruf auf eine Marktfrau

Die schöne Helena
war ihr dem Namen nach
bekannt.
Sie bot
am Brunnen
Zwiebeln feil
und Radieschen.
Ihr Platz
im Kirchenchor war
unter der Vertreibung
aus dem Paradies.

Und der betrunkene
Kaplan
rief in den Wind
beim Glockenläuten,
sie hätte niemals Eulen
nach Athen getragen.

Vor den zehn Geboten

Der Chinese Hu
zupfte vor
dreitausend Jahren
an seinem Bart
und sagte:
Jede Saite
gibt einen Ton,
dessen Höhe
von ihrer Spannung
und Länge
abhängt.

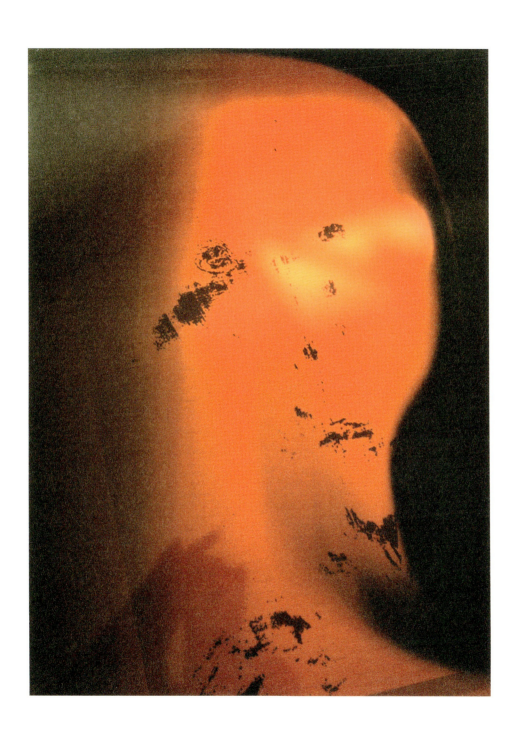

Jahre machte der Mann
sich Mühe,
die Gattin
Schweigsamkeit zu lehren.

Eines Tages
sagt sie angetrunken:
Vielleicht ist Gott
gar nicht allmächtig.

Dann tragen sie
die Harfe
in den Rosengarten
und vergraben sie.

Die Leute
in den schwarzen Fenstern
schwenken lange
ihre Laken.

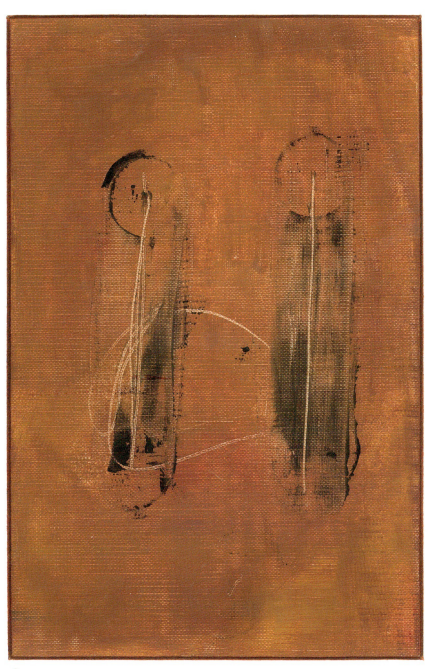

Paar – getrennt durch den Nabel der Welt      PJ 95

Es müßte ein Leichtes sein,
an diesem stillen Julitag
ins Boot zu springen
und hinauszurudern.

Du aber schlägst
betrunken am Ufer
die Trommel,
bis dein ertrinkendes Kind
aufhört, dir freundlich
zu winken.

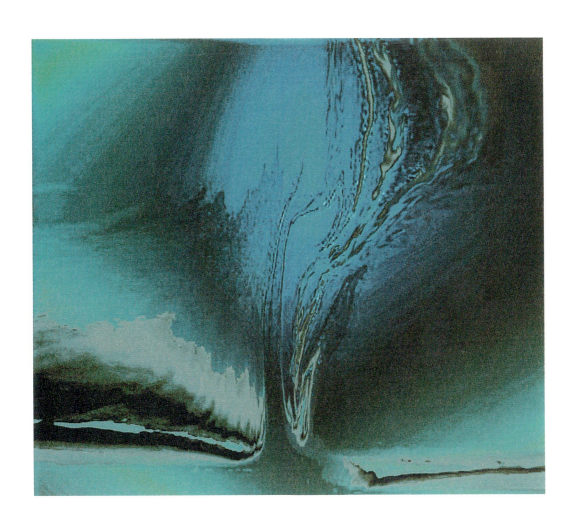

Italienische Reise

Das Leben
ist eine Reihe
kleiner Verblüffungen,
sagte Johann
Wolfgang von Goethe,
als am Morgen
die von ihm verführte Gattin
des Vizepräsidenten
der Zentralkreditanstalt
an einem Strick
in der Platane hing.

Auf der Schwelle
wirst du meine Zunge
lösen,
barfuß
Rätsel
bleiben
und im Ölbaumschatten
das geschälte Glück
der schwarzen Mittagsflöte
hüten.

Es brach der Pfeil
des Hasenherzens
den Rekord der Stille
und trieb im toten
Tümpel auf den Flößer
zu. Der Hunger
angelte die Schmerzen.
Sein Jäger fand
am Abendhimmel
einen roten Schuh.

Sarah S.

Die Krallen
seines Rechens scharren
ihr ahornzartes
Schlüsselbein
durch den Morast,
und die gefiederten Kristalle
fallen.
Der Kutscher singt
sein allerschönstes Lied
und läßt
die Peitsche knallen.
Ein regenglattes
Rattenfell
ist jetzt
die Ackerkrume.
Gerade zwanzig
war sie und hieß
Sonnenblume.

In einem Regenmantel
kam der Engel
und nahm Platz
(die Stammtischflagge
war gehißt
im Rosengarten
und die Zecher grölten).
Er schlug das Buch auf
mit den großen Namen,
als wüßte keiner,
wer sie sind.

Der Wirt war glücklich.
Und die Damen
vom Lesezirkel
machten Wind
mit ihrem hingehauchten
Amen.

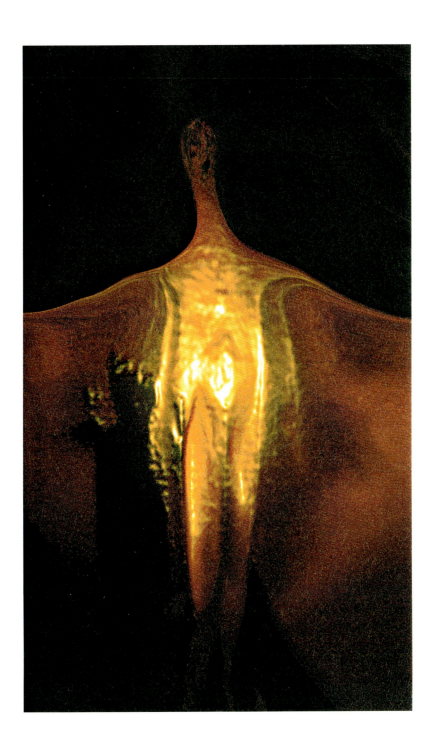

Die Welt des Meisters
drohte einen Takt lang
einzustürzen,
als das Glissando
der Harfenistin
zu mißlingen schien.
Ein Gläschen Kirschlikör
und Blickkontakt
zur ersten Violine
ließ das gestockte Blut
im Handumdrehen aber
wieder fließen.

Ein Zittern war
in seiner Stimme
nie,
wenn er mit seinem
Gott sprach,
nachts in der Wüste,
wo er sich schämte
für ihn.
Und nirgendwem
dankte Hiob,
Mensch sein
zu dürfen.

Die Liebe ist
der Eulen letzte
Nacht, und
Kinder spielen
unter ihren Flügeln.
Es ist zu spät
für große und für kleine
Fragen. Nach so
viel guten,
so viel schlechten
Tagen hat
ihn die Schwester
fein gemacht.
Kein Schneemann wird
die Trauer tragen. Nur
vor der Tür wird
jemand sagen, er
hätte mit dem Mond
gelacht und
sei nicht mehr
zu zügeln.

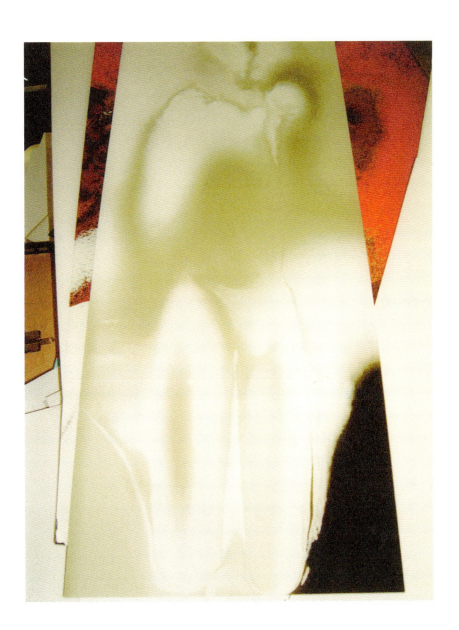

Die Sonne kam
auf einem Geigenbogen,
die Fenster
klirrten
laut
vor Glück.
Die Musikantenschödel
waren kahlgeschoren,
der Dirigent
gab Zeichen
für das kurze
Stück.

Der tote Karpfen
trieb
nach oben,
und Sterne
tropften
in den See
zurück.

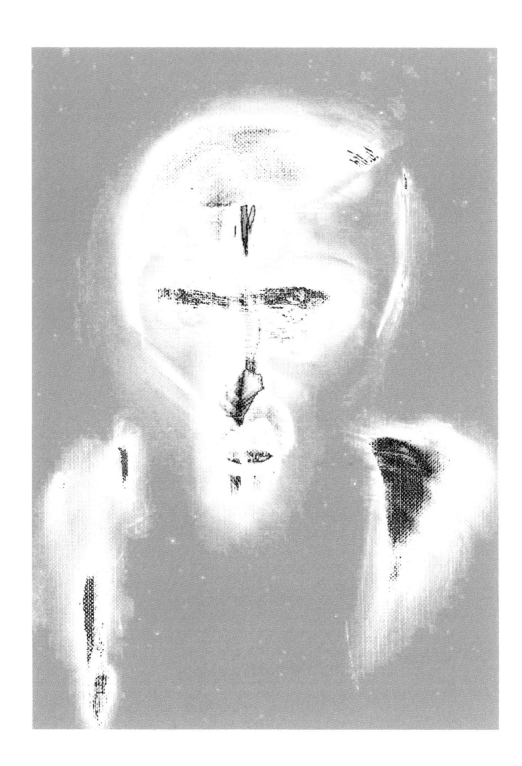

Rudolf Mayer

Die Tauben
flattern vom offenen Fenster
zur Piazza hinab,
wo am Brunnen der Engel
aus Nachttelegrammen
Gondeln faltet und sagt:

Ein guter Schuß
ist schließlich eine schöne
Sache.

Leer

Immer zu dieser
Stunde flog
deine Stimme an
mein Ohr.
Wir bauten
das Nest aus
dem Echo
der Jahre.
Heute
und wo wir
nie waren,
hängt es
noch immer.

Die Unbefugten

Du schließt die Augen.
Wenn der Hahn kräht,
hängt die Fahne
deines Lebens
längst im Wind.

Gott aber spielt
halblaut im Schatten
Mundharmonika
gegen den Schmerz.

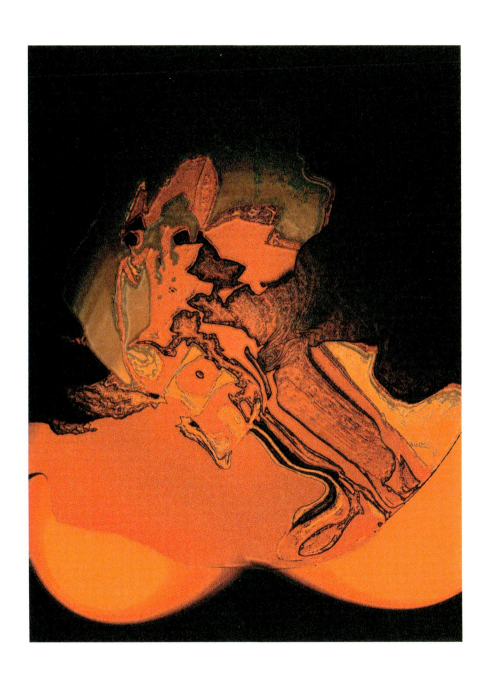

Henriette

Der Tod ist eine Kellnerin
mit Damenbart
und Flossen,
ein Vogel seine Frau.
Der Tod ist eine Kellnerin
mit schwarzen
Sommersprossen.

So still war's nie
im Morgentau.
Da hat er sie erschossen.

Der Tod ist eine Kellnerin
aus purem Gold
gegossen.

Der Tag in der Klinik
verlief normal.
Keinen Geschmack hatte zwar
der Blumenkohl. Dann
kam das Taxi
zu spät. Und wer rechnet
an so einem Abend
mit Regen.
Nicht nur die Trauer
der Gartenzwerge war echter
Ton, auch alles andre
kam viel zu plötzlich
hohl zum Klingen.

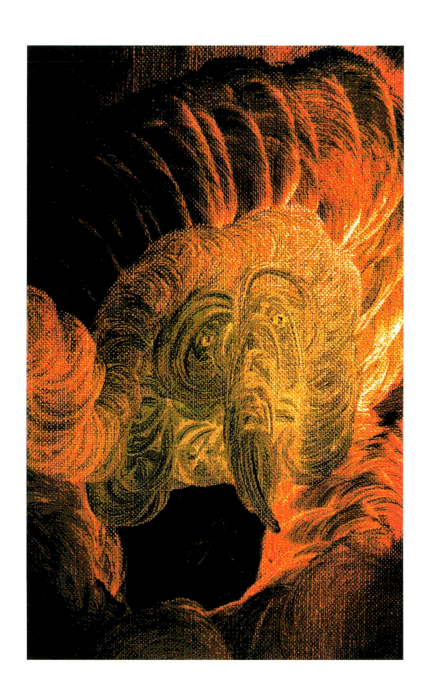

Die untergehende Sonne
stand voll im Fenster
und goß ihre Strahlen
über die Schultern der Dame,
die gut zu mir war.
Ja, sagte ich schließlich
und nahm die Flinte
von der Wand: Es ist das alte
Lied. Und ich schoß
in die kommende Finsternis,
bis sie schlief.

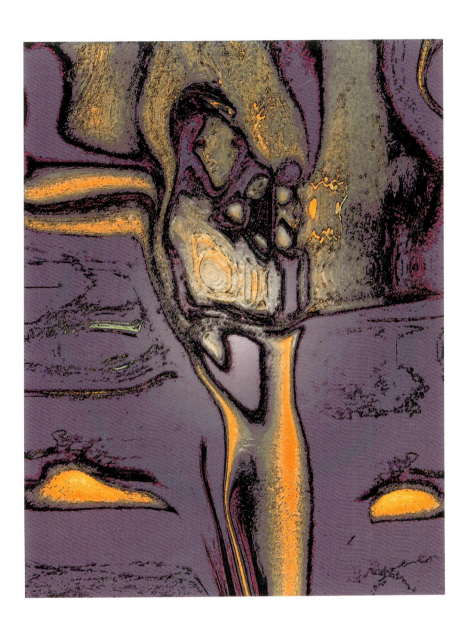

Als Buddha spürt,
die letzte Stunde naht,
schickt er die Jünger
nach draußen.
Hält Mittagschlaf.
Die große Reise
sollte keiner
müde tun.

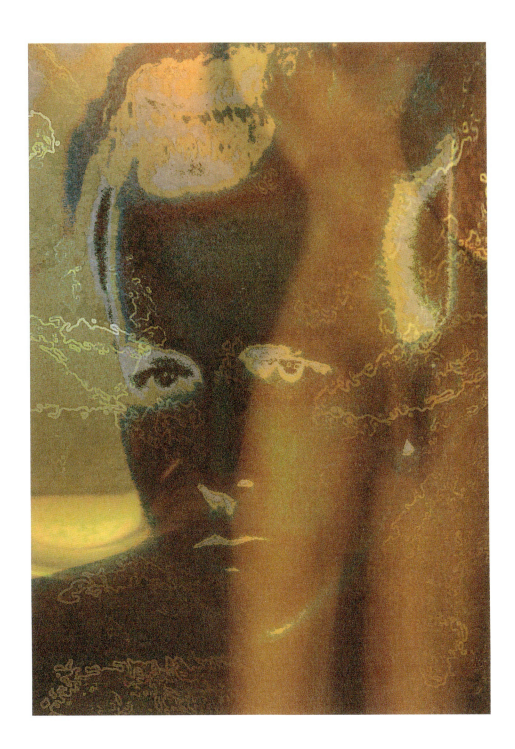

Gemeinsames Abendgebet

Ich bin Maske
und
du bist Gesicht.
Du trägst mich
Und du siehst mich
nicht.

Wolfgang Pfalzer wurde 1942 geboren und ist Oberschwabe. Er absolvierte in Tübingen, Bochum, Regensburg, Warschau und Moskau sein Traumstudium in Slawischer Philologie, unterrichtete viele Jahre Russisch und war übersetzerisch und journalistisch tätig. Früh machten ihm Sprache („von Papageien gelernt") und später Bilder („von Chamäleons gelernt") zu schaffen. Er lebt sehr zurückgezogen in Biberach an der Riß.